Trêve de plumes

Pauline Bouyssonnie

Trêve de plumes

© 2024 Pauline Bouyssonnie

Édition : BoD – Books on Demand,
info@bod.fr

Impression : BoD – Books on Demand, In
de Tarpen 42, Norderstedt (Allemagne)

Impression à la demande

ISBN : 978-2-3225-2025-1

Dépôt légal : janvier 2024

Aux courageux qui tendent la main et aux vaillants qui la prennent.

Et à Alexandre

I

Il n'y a de réveils habituels que lorsque la vie vous fait prendre le chemin de la routine. Et s'il y a bien une chose qui effraie Anna, c'est de plonger à l'intérieur. Quand elle ouvre les yeux, tous les jours, c'est pour se rappeler que des surprises l'attendent quelque part. Bonnes ou mauvaises, elle s'en moque tant qu'elle a de l'appétit à les découvrir. Parfois ses matinées sont colorées, d'autres fois elles sont grises. Tout dépend du ciel. Quand il pleut dans son cœur, elle rencontre un homme et se laisse porter par un moment d'intimité. Un moyen facile de mettre de côté ses pensées négatives afin de retrouver le sourire.

Dans la routine qu'elle se refuse, Anna a cependant pris l'habitude de petits riens. Elle se réveille toujours très tôt afin de profiter de l'obscurité et depuis quelques années, trois choses sont devenues essentielles à ses yeux : s'observer dans le grand miroir de sa salle de bain, veiller sur l'unique fleur de l'appartement et dire bonjour à son chat. Elle sait que ses journées ne sont jamais rythmées de la même manière. Des fois elles accélèrent, d'autres fois elles traînent.

Elle se lève ce matin de bonne humeur. Elle ne le sait pas encore mais ce jour sera propice à diverses réflexions qui donneront à la nuit suivante un repos souriant. En entrant dans le salon, elle remarque que le même homme est assis sur le fauteuil anthracite. Comme d'habitude il ne parle pas et ne fait que la regarder. Il porte un costume deux pièces noir, légèrement poussiéreux, sous lequel se cache un tee-shirt orné d'un blason avec des fils de fer. Ses chaussures sont tout à fait démodées et ses cheveux sont blonds et ondulés. Elle est désormais habituée à le voir. Sa première apparition eut lieu il y a cinq jours. D'abord choquée d'une telle visite, elle avait hurlé, appelé au secours sans succès puis s'était enfermée dans sa chambre espérant qu'il s'en aille. Paralysée par la peur, elle avait ensuite entendu le bruit de ses chaussures dans le salon. Et d'un coup plus rien. Elle était sortie de la pièce, totalement effrayée, mais l'homme avait tout simplement disparu. Aussi étonnée et terrifiée la seconde fois, elle l'avait approché prête à en découdre en cas d'attaque. Face à aucune réaction supplémentaire de celui-ci, elle l'avait touché pour vérifier la texture de sa peau et son souffle. Il respirait calmement, les yeux fixés sur elle. Son regard, suivant Anna dès qu'elle bougeait, était l'unique expression de son visage. Manquant de tomber dans les pommes d'effroi, elle était sortie de chez elle rapidement, avait couru à l'étage supérieur et frappé à la porte de son voisin. Il n'était pas là ou ne pouvait pas répondre. En retournant chez elle, l'homme était déjà reparti, une fois de plus. Le troisième jour, elle ouvrit les yeux et sentit la colère monter en elle. Elle lui adressa, surprise de son aisance un « bonjour » affirmé qui se solda par un silence. Dix minutes plus tard, le fauteuil était vide. Hier, elle décida donc de l'ignorer considérant qu'il était l'intrus, visiblement peu menaçant et que ce jeu avait assez duré. De toute façon, tous les jours il disparaissait sans bruit, laissant juste de lui la marque de son corps chaud et lourd sur le canapé. Anna vivait seule et ne pouvait même pas vérifier si quelqu'un d'autre le voyait. Elle se disait que beaucoup auraient hurlé et fui de l'appartement, cette situation étant digne d'un film d'horreur. Elle s'est pensé folle. Cependant Anna sentait qu'il attendait quelque chose d'elle et que dans ce cas précis, c'était à lui de parler avant qu'elle ne le mette définitivement hors de son appartement. Elle en avait déjà connu des hommes qui disparaissaient vite. Mais toujours en connaissance de cause. Celui-ci était juste agaçant à ne rien dire et à persister, tous les jours, par sa présence et son regard sur son propre fauteuil.

C'est pour cette raison qu'aujourd'hui, en se levant, elle l'ignore totalement, passe devant lui naturellement en se dirigeant vers la salle de bain. Le reflet dans le miroir ne la contente pas vraiment mais comme elle ne peut pas lutter contre le temps, elle l'accepte. Elle a peur de perdre ses dents très vite, c'est une angoisse qui s'invite souvent puis qui repart. Elle se regarde, critique encore ses jambes difformes à ses yeux et sors en direction de la cuisine. En passant devant son orchidée, elle contemple les pétales bleu et les traits noirs à la base du pistil. Elle voit son chat endormi dans son panier, il va bien. Un soupir de soulagement, tout est normal, elle peut profiter de sa journée avec apaisement. Ce rituel est toujours une heure trente avant le début de la journée, une sorte d'avance sur le réveil officiel qui résonnera plus tard. Ainsi, Anna prend le temps de se rassurer avant de retourner au lit, calmement, pour déguster les derniers rayons de l'entre-deux jours.

Elle sort de la cuisine, repasse devant l'homme toujours présent et ressent une envie folle de lui adresser un doigt d'honneur. Il choisit ce moment pour enfin parler, d'une voix assurée :

— Voyons, ce serait un manque de respect.

— Pardon ?

— J'ai dis que ce serait un manque de respect, là votre doigt d'honneur.

— J'hallucine, vous lisez dans mes pensées ?

— Comme dans un livre ouvert.

C'est trop pour Anna qui, déjà habituée à des histoires complètement folles et résignée d'être elle-même, lui adresse son doigt d'honneur le plus magistral, le majeur bien tendu et une expression d'agacement sur le visage. Les lèvres pincées et les yeux ronds, elle attend une réponse de sa part. Cinq jours à le supporter, c'est déjà beaucoup mais cet affront sur son intimité dépasse ses limites.

— On s'est déjà vu à trois reprises, dit-il. Mais vous ne vous en souvenez pas. Asseyez-vous s'il vous plaît. Je vais vous expliquer.

— Pourquoi devrais-je m'asseoir auprès de vous ? Cela fait presque une semaine que je sens votre présence et vous décidez de parler aujourd'hui, un dimanche, mon unique jour de repos. Vous êtes gonflé !

— Notre discussion ne va pas durer longtemps et vous n'avez pas si peur de moi, n'est-ce pas ? Regardez-vous, faire un geste aussi vilain à un intrus, on peut dire que vous ne manquez pas d'air. Puis vous m'avez déjà approché, je ne vous ai pas violentée à ce que je sache. On doit parler Anna. Et si mes souvenirs sont bons, avec vous on y arrive toujours. Je suis présent en avance pour vous observer et prendre des notes. Mais toutes les bonnes choses ici ont une fin, il est temps d'entrer en scène. Allez, ne faites pas l'idiote, approchez-vous.

Elle reste debout sans bouger ni parler, ne lâchant pas son geste grossier.

— Anna, c'est ainsi que démarre le processus, je n'y peux rien, ce sont les ordres. Quand vous êtes prête, je vous parle. Avec ou sans votre votre accord, j'en consens.

Anna replie lentement son doigt pour finalement baisser son bras entièrement. Elle pose son regard sur le canapé, près de l'homme, et estime que le meilleur moyen de le faire partir est sans doute de coopérer. S'il avait voulu l'agresser, il l'aurait fait quand elle s'était approché de lui. Mieux, il l'aurait fait dès le premier jour. Sur ce point il a raison : elle a moins peur. Elle accepte, en comptant sur la rapidité de la discussion pour rejoindre son lit au plus vite. Prudemment, elle s'approche du canapé pour s'asseoir. De son côté, l'homme sait qu'elle peut changer d'avis à tout moment et profite de l'instant pour dire :

— Bien mademoiselle Anna, avant de vous asseoir, veuillez vous présenter pour valider votre identité.

Elle le regarde, d'abord avec un air de défi pour indiquer une fois de plus qu'il la dérange. Mais il lui adresse un petit sourire en retour.

— S'il-vous-plaît, n'angoissez pas, détendez-vous, je ne suis pas méchant. Encore moins ici pour vous agresser, je suis là pour le travail. Ce sont seulement quelques questions auxquelles vous pouvez répondre succinctement. Enfin seulement si vous en êtes capable.

Il vient de rire en disant cette dernière phrase. Sous-entendant clairement qu'elle parle bien trop pour être synthétique. Si c'est une moquerie, il l'a touchée. En le prenant comme un challenge, elle s'installe confortablement dans le canapé juste à côté de lui. Tout à coup, un souffle froid la traverse. De quelle magie use donc cet homme pour faire disparaître les émotions ? Elle vérifie ses constantes : stabilité absolue. Elle n'a plus peur mais se sent toujours ennuyée de devoir discuter avec lui.

— Anna, présentez-vous.

Habituée à raconter les mêmes choses aux inconnus, elle lâche son éternel refrain :

— D'accord. Et bien sachez que je vis seule avec un chat. J'ai un grand ours blanc comme peluche qui appartenait à mon défunt grand-père, je déteste montrer mes jambes mais j'adore être nue. Illogique non ? J'écoute de la musique tous les jours, j'apprécie rencontrer de nouvelles personnes et je suis divorcée. J'écris de temps à autre et j'aime boire beaucoup de café. Je suis accro à la cigarette et sachez que je n'arrive pas à être fidèle envers moi-même. J'ai toujours eu trente ans pendant huit ans et depuis que je les ai, je rêve d'en avoir à nouveau vingt-cinq. J'aime les personnes plus âgées et je suis fascinée par la Lune, elle est magnifique. Je n'ai plus d'appendice ni mes dents de sagesse, bientôt plus d'utérus allez savoir ! J'aime le vert parce que c'est beau et je hais les pays du Sud même si je n'y suis jamais allée. Je déteste la chaleur. Je possède des coloriages de mandalas jamais finis. J'ai beau changer souvent de cahier, les traits sont toujours trop fins, c'est très mal conçu! Je n'ai plus de télévision depuis des années, les programmes sont ridicules. J'ai trop de chaussures et de vêtements. Je porte un pyjama pour l'hiver super pratique avec un gros lapin dessus, ma mère me l'a offert à Noël et je l'adore. Ha, j'oubliais, j'adore les rats et j'ai la phobie des cafards. Voilà je pense vous avoir tout dit sur moi. Bonne journée !

Elle se lève pour partir, l'homme enchaîne avec une phrase, rendant Anna hébétée :

— Je vous rappelle que par contrat vous êtes tenues de répondre sans mentir aux questions posées et que toutes tentatives d'imagination pouvant altérer la vérité sera automatiquement détectée de ma part et retournée contre vous. Vous êtes convoquée ici pour dresser le bilan de vos actions des deux dernières années. Suite à un tournant radical dans votre vie, le contrat stipule une remise à niveau. Vous avez été appelé pour comprendre vos choix de vie et les actes qui en découlent. Il me faut être sec dans mes propos mais je viens avec bienveillance.

— Je ne veux pas ! Et je n'ai vraiment pas le temps!

J'ai un métier moi aussi et si je ne respecte pas mes horaires, toute ma journée est fichue en l'air. Vous comprenez ? Bienveillance ou non soyez gentil, foutez le camp de chez moi !

A présent les mains en position de prières, elle souhaite vivement être entendue et comprise. Soudain le regard de l'homme devient grand et brillant quand il s'exclame d'un ton agressif :

— Arrêtez de parler et asseyez-vous !

Cette autorité soudaine finit de glacer Anna. La voix légèrement tremblante elle demande alors de quel bilan il s'agit exactement. Il lui tend vite un papier contractuel imprimé recto-verso avec deux signatures en dessous : un document notamment signé de sa main il y a plusieurs années. Les articles du contrat stipulent bien des mises à jours nécessaires. Elle constate, embêtée, que la fuite n'est pas autorisée. Ce n'est visiblement pas la première fois que cette situation lui arrive. Elle comprend de suite qu'elle va devoir rendre des comptes sur sa vie et personne n'apprécie ça. Elle sait que les questions vont être brutales, s'inquiète du temps que cet échange va prendre car Anna en dit toujours trop, surtout devant des inconnus. Plus le temps d'y penser, l'homme la regarde avec insistance, attendant de pouvoir poser sa première question. Il tapote de manière frénétique son stylo sur son genou en signe d'impatience :

— Très bien Anna, commençons.

II

La stratégie de l'homme en face d'elle est de débuter l'échange sur un sujet récurrent : Anna parle beaucoup d'elle et estime que c'est un problème, mais est-ce vraiment le cas ? Il oriente sa question sur ce thème pour gagner sa confiance :

— Pourquoi pensez-vous que vous parlez trop de vous ?

— Car on me l'a fait comprendre. Quand j'avais quinze ans, mon frère m'a invitée à une soirée chez ses amis. On me posait alors beaucoup de questions sur ma vie. Par exemple : Que fais-tu comme spécialité au lycée ? Comment vis-tu le divorce de tes parents ? Il n'en fallait pas plus pour que mon cerveau se mette en marche et le résultat fut percutant quand mon frère m'arrêta en disant : « Peux-tu arrêter de dire « moi je » à chaque fois ! Tu n'es pas le centre du monde ! ». C'était sidérant, percutant, avenant et compris. Par instinct, je ne parlais plus de la soirée. Mais cette phrase je m'en souviens très bien.

— Quand aimez-vous parler de vous ?

— J'ai toujours trop parlé de moi facilement dans toutes mes relations. Ce qui m'a joué des tours plus d'une fois car trop en savoir n'est pas bon. Encore aujourd'hui je reste persuadée que je passe pour une jeune femme manquant cruellement de confiance en elle. Ce qui est vrai à un pourcentage élevé. J'ai gardé auprès de moi des amis qui connaissent très bien ma manière d'échanger : si je parle beaucoup de moi, tout va bien, en revanche si mes messages sont absents : problème ! Je devrais faire l'inverse je pense. Et puis j'adore raconter des histoires. Celles que j'écris sont vraies ou inventées et je glisse toujours dans mes textes une part de mes pensées. De cette manière je parle de moi sans que les gens ne soient au courant. Mais il m'est plus facile d'écrire sur les autres, ils sont une source d'inspiration inépuisable. Quand je me centre sur moi-même, je tourne en rond, je m'ennuie vite. A chaque fois que j'évoque ma vie, je ressens dans mon corps des palpitations, reliées à des émotions vives. Ainsi je parle sans réfléchir aux conséquences. Parce que le plus important, à mes yeux, ce sont les émotions. Il s'agit d'elles dans tout ce que je dis, vis et écris. J'adore cette liberté de les vivre sans déni. Je viens tout juste de comprendre que c'est possible. Depuis deux ans, je ressens chaque événement intensément, le quotidien n'est plus le même. Embrasser est divin, être sur scène est un engouement qui me met dans tous mes états. Les nouvelles désastreuses sont à elles seules un périple unique pour lequel je me mets en pause. Ainsi je peux recevoir et digérer ces impacts humains. Et acquérir de nouvelles capacités pour me protéger des prochaines à venir. Du coup, après des cris et des larmes, je ferme mes yeux et détaille mon corps. Je détermine ma douleur et la panse de force et de courage. J'accepte mes faiblesses et les transforme en force. En conclusion, je pense parler de moi pour mieux me comprendre.

— Prenez-vous le temps d'écouter les autres ?

— Si quelqu'un me demande si je l'écoute, je réponds que j'entends d'abord. C'est bien souvent ce qui arrive si c'est long et inintéressant. L'écoute est une forme non verbale active et passionnée. On peut répondre franchement à une discussion que l'on écoute, moins à celle qu'on entend. Moi, ce qui me plaît, c'est l'évocation de ce que les personnes ont de plus précieux à partager. J'apprécie qu'on parle de soi, de ce qui anime le corps chaque jour. Et pour déceler cela, il faut écouter attentivement et avec le cœur. Aussi avec le cerveau bien sûr mais d'abord avec le cœur. J'ai compris un jour que tout n'était que mise en scène en dehors de l'intimité. Encore faut-il oser la dévoiler à quelqu'un. La plupart des conversations m'ennuient si je ne ressens rien. Je dois sentir un lien avec la personne qui me raconte une histoire. Je bois les paroles autant que le bon vin. Tellement de discussions me dépitent au possible. Je suis passionnée de tout si c'est intéressant à retenir. Il y a des faits basiques pour illustrer mes propos. Demander à quelqu'un s'il va bien est très classique, si la personne vous répond instinctivement « oui », le dossier est très rapidement clos. Si c'est l'inverse, il faut patienter et creuser un peu plus. Mon cerveau décroche dès qu'on parle de futilités. Chez moi, elles résonnent en un immense bruit ennuyeux. Mais si on essaye maintenant une autre approche, par exemple, allez demander à quelqu'un s'il va vraiment bien et complimentez-le sur ses rêves, ses envies, ses volontés et ses exploits. Vous verrez, c'est mille fois plus intéressant !

Anna vient de parler rapidement. Tout à coup, elle sent une douleur identique à une angoisse poignante. Elle se sent dérangée par cette douleur aiguë et marque une pause nette dans son corps et sa posture.

— J'ai une pression sous le sein gauche. Cette échange me dérange je pense. Je veux l'arrêter.

— Vous êtes libre de respirer ici, prenez votre temps.

En respirant profondément, elle réussit à calmer la douleur mais ce n'est pas sans conséquence. Une larme coule désormais de son œil gauche.

— Dîtes, je crois que les gens ne comprennent pas toujours mon mécanisme.

— C'est à dire ?

— Je parle trop de moi, je m'emballe à tout dévoiler comme si j'avais peur de ne pas assez exister. Il est vrai que je raconte parfois des choses futiles qui n'intéressent que sur le moment. Je regrette de trop parler. Si je raconte tout, c'est pour mieux me révéler et quand je parle de moi à quelqu'un, ce n'est pas pour lui donner des informations. C'est pour qu'elles parviennent à son oreille. En vérité, si on ne m'écoute pas, c'est comme si je me parlais à moi-même. C'est un peu comme si les gens devenaient mon journal intime, ce petit livre dangereux et chiant dont on perd la clé, vous voyez de quoi je parle ? Et bien la clé depuis toujours, c'est eux. Car si j'avoue ma vie c'est pour mieux la comprendre. Plus je la leur dédicace, plus j'affirme que tout ira bien. Et ce n'est pas de la prétention, c'est de l'amour pour eux. Si c'est à eux que je dis tout, c'est parce je leur fais confiance aveuglément et sincèrement. Mais au fond j'ai tellement peur... Après en avoir trop dit avec passion, je regrette mes mots et j'imagine l'impact sur les personnes et sur ma vie. J'appréhende avec angoisse le revers néfaste de cet échange. Je ne dis pas que les gens sont tous malveillants, seulement qu'on peut tomber sur l'un d'eux à tout moment. Des fois c'est l'inverse, j'adore quand ils me disent de ne rien dire : « Tu ne diras rien n'est-ce pas ? » C'est un précieux cadeau qu'ils me font là en me demandant de garder quelque chose. Je sais tenir ma langue sauf si le propos est grave.

— Et parler ainsi vous aide à vous comprendre, à être vous-même ?

— Oui Monsieur et cela va plus loin. Eveillée sur le plan spirituel, je passe mon temps à raconter les histoires folles que je vis sans même savoir si elles fascinent ou soûlent. Je n'arrive pas à garder de filtre sur moi-même. Sauf si je ne me sens pas à l'aise quelque part ou près d'une personne. Je suis lente à trouver ma vraie place, je m'ennuie à la chercher. Au final me montrer telle que je suis vraiment n'est pas agréable. Une fois, ce fut précieux d'être moi-même. Je rencontrais un homme dont les caractéristiques physiques ne me convenaient pas du tout. Je ne le trouvais pas beau mais très intéressant. Pendant un an j'ai espéré lui plaire et je passais du temps avec lui. On regardait des films en buvant de la bière, on dansait ensemble dans un cours commun. Il devenait peu à peu un ami sympathique et moi, je passais mon temps dans d'autres lits. Cependant au bout d'une année l'ennui devint profond. Je voulais montrer ma sensibilité pure à quelqu'un d'autre. Autrement dit, à l'homme qui danse et qui écrit. La relation avec cet ami a pris une autre tournure. Un jour il m'invita à dormir chez lui. Rapidement nue sous sa couette, j'attendais qu'il sorte de la salle de bain. Au lieu d'agir comme je l'espérais, il posa les yeux sur mon corps et chercha un pyjama avec hâte dans son armoire. Il se couvrit les yeux et me donna un short très large et un tee-shirt troué, anciennement celui de son père pour que je me rhabille. J'étais gênée, il était le premier à ne pas vouloir de ma totale intimité tout de suite. Je ne comprenais pas, c'était celle que je dévoilais le plus facilement. Après plusieurs nuits dans ce pyjama trop grand, je commençais à croire que l'ennui allait me gagner aussi. C'est alors que sur le départ, un matin, il arrêta mes mouvements pour m'embrasser. Ce moment était magnifique. Ce fut le début de mon histoire d'amour avec Alexandre. J'ai mis six ans et un mariage à le quitter.

— Que pensez-vous des hommes maintenant ?

— Qu'ils ne sont pas un problème. Mais il en existe qui ont cette fâcheuse tendance à m'attirer très vite. A ce jour, le divorce est prononcé. J'ai flingué mon union maritale soudainement pour certains. Pourtant dans ma tête, je savais que j'allais droit dans le mur en jurant fidélité et amour à un seul homme. Aujourd'hui je suis très optimiste quand j'affirme que l'on ne m'y reprendra plus. Les hommes ont une capacité en amitié et en amour à me remplir de joie. Ils ont tous leurs petits défauts, leurs habitudes mais à mes yeux une chose les réunis : leur torse et leurs bras. C'est là que j'adore me poser pour m'oublier. Et leurs odeurs même sans parfum est un supplice quand je ne peut pas les atteindre. Il y a bien longtemps, j'abusais tellement des nouvelles rencontres que mélanger les parfums m'épuisais. J'ai mis du temps avant de réfléchir à l'intérêt que je portais à ces situations. Sans doute que ma peur de la solitude et mes angoisses permanentes ont été néfastes dans cette quête perpétuelles.

— Il est tout à fait possible que le fait d'être seule soit difficile à gérer au quotidien pour vous.

Question suivante : en mars dernier, nous avons remarqué un bouleversement d'ordre émotionnel. Que s'est-il passé ? »

— Oui je vois de quoi vous parlez. Je mettais en lumière un burn-out très puissant qui grandissait depuis des mois. Les arrêts de travail, je les connais un peu trop bien. Je n'en abuse jamais mais mon corps décide souvent de s'arrêter pour souffler et je n'ai pas d'autres choix que de l'écouter. Au mois de mars donc, je n'avais pas conscience que cet arrêt allait précisément tout changer. J'ai l'impression d'avoir cogner un mur de plein fouet et avec vivacité. J'ai automatiquement ouvert les yeux sur les gens et les lieux qui m'entouraient. J'ai commencé par me couper plusieurs fois les cheveux pour éliminer les longueurs ayant servi au chignon de la mariée. Mes changements capillaires étaient parfois surprenants. Ils sont depuis mon adolescence la porte ouverte d'un mal-être. C'est le signe d'un chemin de pensée dont je ne connais pas la finalité. Toutefois c'est une phase positive. Après les changements capillaires, je décidais qu'il était temps de trier les affaires dans l'appartement loué avec lui. Deux mois de tri ont été nécessaires avec un nombre improbable de dons et de sacs jetés. C'est là que je compris que dans ce lieu de vie commun, je n'avais rien à moi. Les meubles étaient entièrement à lui et les nouveaux achats ne correspondaient qu'à cinquante pour cent de mes acquis. Et si je venais à partir, quelques valises suffiraient. Le tri ne concernait pas que le matériel. Il m'en fallait plus, j'étais devenue avide. Je triais mes amis et les membres de ma famille. Il était temps que je m'affirme entièrement telle que j'étais auprès de ceux qui, habitant loin, ne m'entouraient pas vraiment. Avec cette sensation de repartir à zéro, je respirais mieux. Je redoutais le pire cependant: de n'avoir plus rien à modifier. Mon appétit grandissait et je me concentrais dès lors sur mon mari. Les photos, les projets, les ambitions, tout était calculé, revalorisé et en attente de changement. Mais on ne change personne alors j'ai préféré m'en aller. Couper court à l'inévitable et surtout par respect, laisser derrière moi l'homme que j'avais tant aimé. De nouveau célibataire, j'ai redécouvert ma féminité d'un coup. En faisant mes valises, je comprenais que la plupart de mes vêtements correspondaient à une ancienne vie et qu'il fallait les remplacer. Au revoir pyjamas et bonjour dentelles. Adieu ennui devant la télévision et rêve d'enfant, bonjour singularité et infinités possibles. Enfin à la poubelle la femme négative et pessimiste que j'étais devenue. Mes envies reprenaient leurs droits. Nous sommes en janvier et j'exulte un bonheur retrouvé, je me demande s'il va cesser et surtout de quelle manière. Il y a tant à découvrir et je ne veux pas passer à côté d'une émotion ou d'une idée. Malgré tout, je ne me refuse pas les pleurs. J'ai pour ces moments-là une attention toute particulière. Ainsi, pleurer, c'est assumer une faille et retrouver de la force. L'activité émotionnelle que vous évoquez n'est qu'une prise de conscience amenant une remise en question complète.

— Que pensez-vous du mariage maintenant que vous en êtes partie?

— Je trouve ce modèle terrifiant, même si le bonheur est présent le jour J. A quel moment on souhaite le mariage à son enfant ? De belles photos argentiques, des sourires et du blanc ? Toutes les décorations féeriques dans un cadre complètement cher ? Je vivais en détresse dans ma robe de mariée, pourtant je me trouvais belle dedans. Tous les préparatifs n'étaient que du stress. J'avais l'impression de justifier mon intimité sentimentale. De la prôner à tout prix. En disant cela, je ne mentionne pas le crédit incroyable et dévastateur qui a été contracté pour ce jour si important. A la base, quand il m'a proposé qu'on se marrie, je voulais quelque chose de simple. Et il était d'accord. Un repas avec une dizaine de personnes, un restaurant en bord de mer le midi, retrouver sans épuisement celui que j'aimais. Voyez-vous, selon moi, c'est avec cette personne que tout est à célébrer. Tout devait être simple. Mais pour lui, j'ai dit oui à tout sans que les préparatifs résonnent en moi. Plus le temps passait, plus je sentais que je n'allais pas réussir. Naturellement je ne m'occupais plus de rien. Aujourd'hui je le sais, je n'ai rien préparé de cette célébration. Ni le traiteur, ni la liste d'invités, ni le vin. Rien, car ce mariage ne m'appartenait plus. On répondait plus aux attentes des autres qu'à nous-mêmes. Tout me dépassait et sans m'affirmer, sous le couvert de faire plaisir à l'autre, j'enterrais mes principes de liberté, ma notion du couple et ma personne. Je me suis faite avoir par moi-même. Le jour J je jurais fidélité à l'église et ne souriais sur aucune photo. Il n'y était pour rien. Alors je souhaite le mariage à tous ceux qui le veulent vraiment. Je ne sais pas si je serais à nouveau capable de vivre en couple et il est trop tôt pour le dire. Mais j'en suis certaine, je m'écouterai beaucoup plus.

— Vous êtes inquiète pour votre ex-époux?

— Je le serais toujours. Si je peux l'aider un jour je le ferai. Il mérite une femme capable de l'aimer de tout son être. Il reste à mes yeux un homme que je respecte beaucoup. Il n'y est pour rien dans cette rupture. Monsieur, que mettent-ils dans cette magnifique alliance ? J'ai l'impression qu'il y a un poison qui se disperse dans le corps lentement. Je l'ai posée quand j'ai compris son importance et le mensonge omis à la porter. Et j'ai vomi. Vous savez, je déteste les principes commerciaux qui consistent à obliger une démonstration de l'amour une fois par an. Je n'ai jamais aimé ces fêtes stupides comme la Saint-Valentin. Je ne veux pas d'un jour pour parler d'amour, pas d'un contrat pour sceller mes sentiments. Un de mes amis a dit que ses jours-là sont importants car ils rapprochent les gens : Noël, Le nouvel an, les baptêmes etc... Il sait que je ne suis pas entièrement convaincue, je persiste dans ma pensée. En réalité, je dis ne pas aimer la Saint-Valentin, pourtant ce jour, pendant six ans, je faisais l'effort et prenais le temps d'écrire un joli texte à mon mari. Je les signais toujours de la même manière :

« *Je n'ai pas besoin d'une journée pour savoir que je t'aime* ».

III

Il sourit en coin en notant sa réponse car il sait qu'elle n'a pas toujours été ainsi.

— Je vous amuse ? Pourquoi ce sourire ? Mais ne me regardez pas comme ça ! Et ne m'obligez pas à gérer toutes mes émotions. Je l'aimais tellement avant cette signature, avant ce jour où les plus heureux ce n'était pas nous. J'adorais sa personne vous savez, j'aimais sa barbe et ses cheveux, ses blagues et nos petits jeux. Je ne supportais pas les nuits sans lui et je mangeais son corps avec envie. Il n'y avait pas encore de crédit à la consommation, pas de famille à contenter, aucune fête stupide avec des prénoms sur les tables. On s'aimait à notre manière. Je suis pétrifiée à l'idée de recommencer ailleurs. Et nos enfants ? Ceux que nous avions imaginés avec tendresse ? Ils ne verront jamais le jour, c'est un deuil de plus à faire.

— Ce qui veux dire que... ?

— D'accord je l'aime encore mais plus d'amour, sans doute un jour je ne l'aimerai plus du tout. Je n'avais plus envie de lui depuis trop longtemps, nos yeux ne se croisaient plus je pensais à d'autres possibilités. Nous vivions difficilement tous les deux notre interminable quotidien sans prendre le temps de se parler. Il était doucement devenu un ami et j'étais loin d'imaginer cela possible. Un ami cher à mon cœur qui jamais ne s'en ira de là car au fond, si je suis devenue ainsi c'est parce qu'il m'a poussée à l'être. Il a tellement pris soin de ma personne dans mes faiblesses, il me connaît par cœur. Je ne le remercierais jamais assez. Les gens qui nous ont connus peuvent bien critiquer mon choix, cet impact, seuls nous deux connaissons les raisons. Et que personne ne s'avise de juger ou de critiquer ce que je ressens.

— Vous souvenez-vous de la lettre que vous avez écrite avant de partir ?

— Pas du tout.

— La voici, relisez-là je vous prie.

Anna attrape la lettre, les mains tremblantes :

« Pourquoi faire une union officielle ? Je te regarde et je te trouve beau. Je ne suis pas inquiète du futur, tu rentres du travail et je suis heureuse de te revoir. Je peux t'embrasser, être satisfaite d'avoir pris le temps de préparer un repas chaud et réconfortant. On prends notre douche ensemble, sans doute qu'on y fait l'amour. On s'endort l'un contre l'autre et je me réfugie auprès de cet endroit sacré : ton buste, je l'appelle le meilleur endroit du monde. Il restera le meilleur endroit de mon monde. Il sent toi. Pas les parfums du jour ou le savon. Non, il sent toi et l'odeur est inexplicable. Elle est précieuse. Les deux chats que nous avons adoptés viennent nous rejoindre. Ils prennent beaucoup de place dans le lit. On en ri même si dans la nuit ils sont embêtants. Les matins où enfin nous avons du temps, loin du travail et de nos vies à mille à l'heure, on se réveille, en se regardant droit dans les yeux. On se dit bonjour et on s'embrasse. Je ne suis pas bien épilée et nos pyjamas sont moches. On oublie la télévision et on parle avec tendresse. Les jours passent lentement à tes côtés. On n'avait pas *besoin de contrat, ce que avions était beaucoup plus précieux. Je suis désolée d'en arriver là mais tout ceci a disparu. J'écris cette lettre d'abord pour moi. Tant de choses qu'on a essayé de remettre en marche, en vain. Désormais je veux me retrouver et te savoir, une fois la douleur passée, plus heureux. »*

Anna verse quelques larmes et ajoute :

— Il a longtemps été le meilleur endroit du monde, et finalement j'ai jeté cette lettre. Il ne l'a jamais lue.

— Qu'est ce que cela fait de quitter quelqu'un après des années ?

— Cela dépend des personnes que l'on perd. Même si l'on quitte, ce sont des phases à vivre. Je connais en premier l'exaltation classique qui me permet d'annoncer la décision. Puis, éloignée, je deviens perplexe. Comme la musique est essentielle dans ma vie, je repère grâce à elle mes sentiments. Si c'est du piano, je deviens rapidement triste et je repense à ce que je perds. Si j'entends du violon, je me plonge dans la danse et mets en lumière mes émotions. A minuit, je pleure un peu. Mais le lendemain, naturellement j'écoute des sons plus rythmés, plus joyeux et je me laisse porter par ma journée. Mes propres phases se comptent en jours. C'est une étape fondamentale de partir. On se risque à des critiques et des remarques. Il faut s'y attendre et s'endurcir avant de s'en aller. Et si on fait les choses bien, on peut même s'en moquer complètement et suivre son chemin. Il est absorbant cet état pour lequel on fait preuve d'égoïsme.

L'homme toujours assis en face d'elle la regarde avec émotion. Il est fière d'elle et attend pour le lui dire car il sait que ces quelques mots la bouleversent complètement. L'amour, Anna ne sait toujours pas comment le dompter. Plus précisément, elle apprend à faire avec ce sentiment qui s'invite sans prévenir. Il continue sur ce sujet et passe à la question suivante.

IV

— Comment voyez-vous l'amour désormais ?

— En y pensant, je commence à comprendre ce que j'ai perdu. La possibilité d'un couple uni malgré des désaccords. Un confort de vie à deux dans lequel je me sentirais mieux. Et si je perds définitivement ce pour quoi je me suis battue tant d'années ? Si je commence tout juste à comprendre ce que cela fait d'être deux, ce que ça implique ? Et si je ne retrouve personne qui accepte mes défauts? Si je perds tout pour ne rien obtenir derrière, excepté la compréhension de mes actes? Préoccupée par mes propres soucis je ne vois plus les lueurs des autres, je me renferme et plus rien ne brille. Avant je les voyais si facilement. Maintenant je dois les deviner. Si je tombe amoureuse c'est parce que l'âme en face de moi illumine mon cœur sans que je le demande. Et je m'attache parce que c'est beau une âme qui brille, n'est-ce pas ? C'est beau un corps quand on le découvre pour la première fois. C'est de la magie pure, une fusion avec ou sans sentiments d'ailleurs. Ai-je connu au moins une fois, une relation simple et tranquille ? Dîtes-le moi ! Une vie remplie de défauts mais dans des bras uniques et solidaires ? Sans doute ne suis-je pas faite pour les relations de couple. Je devais seulement le vivre une fois pour le comprendre. C'est ce que je me dis en ce moment, et vous savez quoi ? Je m'en vante. Je répète sans cesse que je ne suis pas faite pour l'amour, que je n'y comprends rien ! Que c'est trop complexe et que j'en ai assez d'y croire. D'ailleurs est-ce écrit quelque part ? Est-ce normal que je fonce dans mes propres bêtises tête baissée ? Qui d'autres fait cela ? Attendez ! Je sais ce que c'est l'amour mais je préfère le distribuer à mes proches qu'à un seul homme. Voilà, et sans doute qu'un jour, ce sera une femme. Les gens disent que c'est fabuleux, l'amour. Ils en ont tellement besoin qu'ils utilisent des applications de rencontres. Ils sont prêts à tout pour que l'amour leur tombe dessus et quand il n'est pas là, ils partagent sans fusion des moments sous les draps. Ils se jugent en premier sur leurs physiques et discutent sans se connaître. C'est tout de même étrange comme pratique. Par ennui j'ai testé, j'ai rencontré deux hommes et lié des relations saines avec eux. Pour les autres, les conversations étaient sans intérêt. Chaque génération fait comme elle peut avec ses innovations. Et je persiste, on cherche tous des relations crues ou un amour sincère pour finalement se retrouver seuls face à nous-mêmes. Monsieur ? Savez-vous ce que cela fait la première fois qu'on rencontre un homme? Ce n'est jamais pareil. On cherche à en savoir plus, à détecter des signaux. La première fois, on s'en souvient mais la suite devient vite classique et redondante. J'ai repris contact avec des hommes. Me préparer pour en rencontrer un est tout un art qui n'engage que moi. Je me mets dans des états complètement fous. Il s'agit de préparer mon corps, mon esprit, mes vêtements. Se faire belle est simple mais dans mon esprit, le moindre geste, parfois douloureux ne l'oublions pas, donne suite à des pensées contraires. La dictature des poils, le choix des sous-vêtements, l'horreur de montrer mes jambes et cette question qui revient sans cesse : est-ce que ça va lui plaire ? Toutes ces questions m'épuisent et si jamais je passe un mauvais moment, mon moral tombe dans l'oubli quelques heures.

— Je comprends très bien. Du coup préférez-vous la liberté ou être en couple?

— Les deux sont possibles si la connexion est assez forte ! Mais si je dois choisir, je prends la liberté sans aucun doute. Je sais que certains choisissent le confort d'un couple et c'est leur droit. Mais je ne m'y fais pas. J'ai testé le confort et ma féminité s'est modifiée. Comme parasitée par des éléments toxiques malgré tout bienveillants. Je choisirais le confort quand mon corps ne suivra plus mes pensées ou bien si je deviens maternelle. Mon idéal est d'être en couple avec une personne qui déteste l'amour et ses principes. Au moins, le fondement sera commun.

— Sauf que vous refusez l'amour. Il faudra évoluer pour cela.

— J'aime l'amour, c'est son emprise et ce qu'il fait de moi que je n'aime pas. Il s'invite sans prévenir et je deviens passionnée, parfois sans retour de la personne visée. J'ai trop d'attente, et peu de lâcher prise. Je réfléchis beaucoup.

— Distinguez-vous faire l'amour et coucher avec quelqu'un ?

— Oui et souvent, pour le savoir, je me centre sur mon corps et mon esprit. Car ils ont la réponse. Inévitablement ce sont eux qui me le disent. Faire l'amour à mes yeux, c'est se connecter à l'autre presque sans mot. C'est un moment parfaitement coordonné si bien qu'on pense cet instant écrit en avance. Les gestes se suivent et une symbiose s'installe. Les cœurs battent pour sortir de la poitrine. C'est merveilleux un corps haletant dont on entend le cœur battre fort. Tout est dans l'intention qu'on se donne à soi-même. Je dirais que l'attachement est possible dans les deux cas. La différence est qu'en amour, on ne choisit pas.

— Savez-vous pourquoi vous partez toujours ?

— Je ne sais pas pourquoi je pars tous le temps. Peut-être qu'il m'est plus facile de partir quand des sentiments non partagés me menacent. Il se peut que j'assume pleinement un célibat. Ce n'est pas la première fois que je quitte quelqu'un parce que je ne l'aime plus. Je n'ai pas peur de l'engagement mais il ne faut pas qu'il soit trop fort et omniprésent. D'ailleurs, je m'attache vite et je réfléchis après. Comme si j'avais peur de louper quelque chose. Quand je ne suis pas en couple, je peux parfois m'enfoncer dans un noir profond. Un ex-compagnon m'a dit un jour que j'étais « un amour interdit ». J'ai beaucoup aimé ces mots-là et je finis aujourd'hui par penser que je suis un poison pour ceux qui tombent amoureux de moi. Alors après des conseils avisés et une expérience frappante de la vie de couple, j'ai décidé de prévenir les hommes qui s'attachent de ma vision de l'amour. Au moins s'ils restent, ils savent à quoi s'attendre. En vérité, je voudrais juste rencontrer quelqu'un qui me canalise. Une personne qui me comprendrait et me comblerait tellement que je n'aurais pas besoin de fuir. Ce serait fabuleux non ?

V

— Avez-vous une relation particulière à citer ?

— Il y a dix ans, j'étais amoureuse et j'ai mis fin au débat car il était parti pour le travail à la capitale. Je n'avais pas les épaules pour une relation à distance. Nous avons gardé de très bons contacts. Il existe dans cette nouvelle relation beaucoup d'humour et de respect. Nous tenons l'un à l'autre et il est bon de ne pas trop expliquer cette amitié pour qu'elle soit intacte. Il n'a pas la place d'un amant. Il est mille fois plus que cela, on s'apprécie à notre manière Il nous est tellement simple de nous retrouver et d'être nous-mêmes. Quand je le regarde, je me souviens de la femme que j'étais il y a dix ans et vise le futur avec envie.

— Comment construisez-vous ce type de relations ?

— A l'envers des autres. Dès ma première relation amoureuse, je savais que les cocus existaient. Et d'expérience, je peux le dire, j'ai raison.

— Et votre rapport à la fidélité ?

— Je veux la comprendre, je vous assure. Quand

j'ai juré fidélité à mon mariage, j'entendais « emprisonnement». Je me demande si l'humain est fait pour être fidèle de par son corps. Il y a dans ce monde une véritable distinction du cœur et du corps chez certaines personnes et au sein des couples. On en entend de plus en plus parler. Cela me dépasse un peu, pourtant je peux comprendre cette démarche. Honnêtement, il suffit de s'intéresser à l'Histoire pour le comprendre. Seulement, de nos jours, on ne se cache plus. Enfin presque plus car le sujet est encore tabou. Moi je sens que je suis fidèle en amour. Si je n'aime plus, je m'en vais, je ne cherche pas à faire souffrir l'autre. C'est beau la fidélité en amour, cela présente plein de petites choses quotidiennes qui remplissent le cœur : se réveiller à côté de la personne, l'aider, la soutenir dans tous ses projets, l'accompagner. Le problème c'est que ce sentiment est invisible. Et rendre la fidélité de corps invisible, c'est mentir. Que faut-il faire alors ?

— Vous n'avez sans doute pas rencontrer la bonne personne.

— Comme si cela existait la bonne personne ! Il en

faut plusieurs dans une vie des bonnes personnes. Et que veut dire ce concept d'ailleurs ? La bonne personne, c'est juste celle avec qui l'amour dure le plus longtemps. C'est tout.

— Je note donc que votre relation à l'amour est toujours conflictuelle.

— Je vois que ça vous fait rire, riez Monsieur, riez ! Car maintenant que je suis divorcée, LA bonne personne comme vous dîtes, va devoir prendre son mal en patience ! Je ne suis pas prête à ouvrir mon cœur comme ça.

— Vous mentez.

— Non !

— Si, vous mentez, parce que vous savez que ça ne se contrôle pas. Vous l'avez dit tout à l'heure ! Il est là le problème, vous cherchez à avoir la main mise sur un sentiment magnifique, éternel et qui ne se contrôlera jamais. Je suis prêt à parier que dans pas longtemps, vous parlerez à un homme dont les caractéristiques vous conviendront tellement que les comètes en entendront parler. Vous laisserez aller votre cœur quand la personne ouvrira le sien.

Votre problème, c'est que vous attendez tout de l'autre car vous mettre en action vous fait peur. Donc vous tombez amoureuse et arrive alors l'inertie. Beaucoup de questions, de dialogues avec les amies et subitement, quand quelqu'un vous dit que vous êtes amoureuse, vous passez par trois phases : un, le refus catégorique de vous faire avoir et vous dîtes alors avec sarcasme « mais moi je fuis l'amour ! » Puis deuxièmement, vous comprenez que c'est vrai et vous répétez sans cesse, et ce sont vos mots Anna: « ça fait chier ». Vous allez jusqu'à échapper ce terme hideux devant la personne que vous commencez à aimer. Vous lui dîtes en la regardant dans les yeux : « Tu fais chier ». Car l'amour c'est contraignant, il oblige à lâcher prise, et vous n'aimez pas perdre le contrôle. Vient la troisième étape qui n'est autre que l'acceptation où persiste encore le contrôle de vous-même. Vous imaginez comment dire à l'être aimé que vous éprouvez de l'amour, vous passez du temps dans les bras d'autres hommes pour confirmer vos sentiments. Vous voulez brûler les étapes et oublier une fois de plus que rien ne se contrôle.

— Je déteste l'amour et je rêve que dans ce fichu monde, on invente un jour un traitement pour en bloquer les effets.

— Ma chère, après tout le chemin que vous avez parcouru, autorisez-vous cette ballade. Et arrêtez de trop réfléchir. Vos premiers amours n'étaient pas aussi difficiles. Avez-vous fait pareil ? Bien sûr que non ! Vous souvenez-vous de la simplicité qu'il y avait ? Vous la retrouverez quand votre cœur acceptera de perdre le contrôle. Je vous revois les quitter l'un après l'autre, balayant tout à une vitesse folle. Et doucement est arrivé Alexandre. Il a changé votre façon de voir l'amour. Tout était évident dès le début et cela s'est fait en douceur durant une année complète. Vos choix étaient différents à la fin, ce qui ne change absolument rien à votre capacité d'être une femme amoureuse et passionnée.

Anna ne dit plus rien car elle sait qu'au fond il a raison. Seulement l'idée de montrer à une autre personne ses défauts, son intimité la plus totale et ses faiblesses ne l'enchante plus. Elle a besoin de comprendre pourquoi il est si exaltant et difficile de laisser son cœur s'emballer vraiment. Les autres semblent s'en accommoder très bien. Anna ne dit pas un mot car elle est amoureuse en ce moment et n'ose pas l'avouer. Excepté, les yeux dans les yeux, ces trois mots crus « tu fais chier ». La dernière fois, ils sont sorti sans conscience, sans prévenir et fut étonnée d'elle-même.

— Le temps, Anna, est maître de tout. Il s'accorde d'être long ou pressé. C'est lui qui fait le bilan des situations et donne des réponses. C'est aussi lui qui fait réfléchir, car prendre le temps, c'est s'écouter, raisonner, accepter de se tromper et recommencer. Faites-vous confiance et écoutez-le, le temps arrange toujours tout. Il balaye les chagrins d'une pluie fine et entraîne au bonheur dans la tempête. C'est le temps votre traitement. Et comme il vous guide, vous n'avez pas à réfléchir de trop sur les situations, simplement à vous dire que toute réflexion trouvera la réponse adaptée.

Il sait qu'Anna n'a jamais cessé de trop réfléchir aux situations qui l'entourent. Chaque fois qu'il vient la voir, il comprend qu'elle se hâte toujours de prendre des décisions. Cette fois, la maladie qu'on lui a diagnostiquée l'empêche physiquement de ressentir le bien-être du temps. Surtout du temps présent. Désormais en phase avec son état, soignée et consciente de ses forces, elle peut choisir le temps comme ami pour prendre de belles décisions. Il est ravi de comprendre que pour la première fois de sa vie, sans même s'en rendre compte, elle s'accorde de suivre le temps. Et rien de mieux que lui pour vieillir en accord avec soi. Il la regarde, ses yeux bleu fixent le sol, les doigts de sa main gauche tournent sa mèche de cheveux, là, juste derrière l'oreille. Elle fait ce geste depuis qu'elle a deux ans en situation de stress. Elle est train de digérer les derniers échanges. C'est exactement ce qu'il voulait. Satisfait, il lui laisse quelques minutes pour recentrer son esprit avant de poser la question suivante.

VI

— Bien, reprenons Anna. Parlons famille. Qu'en est-il avec eux ?

— Avec ma famille, je rétrograde. Ils ne savent pas grand chose de ma vie. Ils pensent en connaître le fond mais ce n'est pas le cas. Des fois je me demande si ils le devinent. Après avoir déménagé, je ne les visitais plus beaucoup, pas plus de deux jours par an. N'y voyez là aucun malheur, ce qui se met en place naturellement dans le cœur a peu de chance de devenir viable à coups d'efforts.

— Et en amitié, comment fonctionnez-vous ?

— A ce jour, il existe quatre femmes qui savent absolument tout de moi et à qui je ne refuse rien car nos liens sont des évidences étranges. Pourtant je dois avouer que je les oublie grandement lorsque je suis éprise. Occupée par mes sentiments et mes besoins, je ne leur donne plus assez de place. Alors quand je m'en rends enfin compte, ou qu'elles viennent me chercher avec peine, je retrouve le sourire autour d'un verre. Nos moments sont simples et incroyables. Elles sont fantastiques, toutes sont différentes et complètent mon être. Prenons d'abord Lucie, que j'ai rencontré au lycée, on faisait nos études ensemble, elle est rapidement devenue un exemple pour moi. Toujours très classe, élancée et possédant une affirmation d'elle incroyable. Elle a fait ses choix de vie loin des codes classiques de ce monde et n'a que faire des critiques des autres. Elle n'hésite jamais à me dire les choses, surtout quand mon chemin dévie. Puis j'ai rencontré Lisa, en passant mon permis. Elle est devenue une sœur et notre parcours est incroyable. Elle est puissante. Elle me protège dans mes faiblesses, m'encourage dans mes ambitions et m'apprend à découvrir ma force d'amour sous-jacente. Puis il y a Marine, je l'ai rencontré dans ce qui est pour nous, un grand moment de faiblesse. On a appris à se soutenir, à construire des souvenirs qu'il est agréable de faire revivre quand on se voit. Elle se bat tous les jours pour vivre tranquille et j'aime être présente auprès d'elle pour la soutenir. Enfin, Emma, c'est la plus jeune de toute. On a travaillé ensemble. Une force brute là aussi, elle adore m'écouter raconter mes histoires et mes rencontres. Nous passons des moments drôles où tous les mots sont permis sans jugement. Elle m'apprend à être féminine, bien dans ma peau. On parle de manière crue, sans filtre. C'est une chance de les avoir près de moi. En elles, je vois la rage de vivre. J'ai ce regret de ne pas les voir plus souvent et j'ai peur que notre amitié s'efface car si j'adore leur parler de moi, même avec futilité, je ne leur envoie pas suffisamment de retours. Enfin c'est ce que je pense, je n'ai jamais osé leur demander.

— Vous ne m'avez pas répondu Anna, comment fonctionnez-vous en amitié?

— J'admire, je m'estime chanceuse, j'accepte, j'aide dans les pires moments et souhaite à l'avenir être plus présente.

— J'ai oublié de vous demander, comment votre famille a réagi à ce divorce ?

— De plein de manières différentes. Mais y-a-t-il une bonne manière de réagir après tout? Suis-je là pour faire changer les choses ? Leurs mentalités? Sont-ils obligés de tout accepter ? Si je disais tout, est-ce qu'ils comprendraient ? Après tout qui sont-ils pour me juger ? Bon, ils ont plutôt bien pris la nouvelle ou alors ils ont caché leurs ressentis. Mon divorce n'en est qu'un de plus parmi le monde et dans cette famille. Ils doivent avoir peur de l'enfant qui ne naîtra pas. Ce petit bout pour ravir les grands-parents. Ils sont là au bout du fil et se disent qu'ils vieillissent et ne le verront pas naître. Oui, ils se disent qu'ils partiront avant moi car c'est l'ordre des choses. Mais tout le monde ne part pas vieux ! Et si mon corps lâche avant le leur ? Si c'est la naissance de l'enfant le problème, je trouverais un géniteur. Ils me demanderont qui est le père et je dirais sournoisement que je n'en ai aucune idée. Je divague, je dis n'importe quoi, pauvre enfant... Je veux un enfant né dans l'amour, même si ce dernier se dissipe après mais il doit naître dans l'amour, c'est une évidence. Faire un enfant avec quelqu'un qu'on aime est la plus belle preuve d'amour. Bien plus puissante qu'un mariage d'ailleurs! C'est un lien de sang éternel sur lequel on ne peut pas revenir en arrière. Alors peut-être que des membres de ma famille partiront sans le voir. Ce qui me rassure c'est mon rapport à la mort. Je me dis que les défunts voient tout et si l'enfant naît après leurs départs, ils veilleront sur lui. C'est ma croyance et elle n'a pas à être discutée. Vous savez je me sens jugée sans cesse par ma famille. Aujourd'hui je le vis mieux et je modèle mes passages éclairs chez eux. Quand ils m'ont revue après le divorce, j'avais minci, j'étais joliment apprêtée et je souriais à tout le monde. Ainsi, ils ne voyaient pas le mal-être en moi. Je répondais, affirmée, à leurs questions sur ma vie pour leur prouver que je vivais bien, leur cachant ainsi mes blessures profondes. De toute façon, la plupart d'entre eux les occultent depuis mon adolescence. Mais j'ai appris Monsieur à ne plus leur en vouloir. La colère que j'avais à leur égard me retombait dessus sans cesse et épuisait mon être. Alors à quoi bon lutter. Je les trouve parfois ennuyeux avec moi, ils ne vont jamais au fond des choses. La surface plate sur laquelle ils vivent est faite de colère qu'ils déversent pour se transformer en haine. De mon côté, je suis passée par là. Des cris au téléphone quand nous n'étions pas d'accord, des blocages intérieurs qui me rongeaient le ventre et la gorge. Je suis rentrée dans leur jeu malsain jusqu'à présent, à qui ouvrira la bataille en premier. Tout le monde y est passé. Et puis un jour, j'ai arrêté. Je pense que je commençais vraiment, ce jour-là, à vivre pour moi. Est-ce que j'ai pardonné ? Sans doute. J'ai compris que je n'aurais pas ce dont j'ai besoin de la part de tous : de la reconnaissance, des mots encourageants, un soutien en dehors de mes moments malade. A leurs yeux je ne suis pas un symbole de réussite. Je ne suis pas propriétaire d'une maison, je n'ai plus de mari et je ne gagne pas beaucoup d'argent. Je ne me déplace plus pour les voir car ce jugement sur leurs visages me rends malade. Je me surprends à vouloir être devant eux la femme que je ne suis pas chez moi. A l'exception d'une personne, ils ne viennent pas me voir alors qu'ils ne sont qu'à deux heures de route car ils détestent soi-disant la grande ville. Alors que je n'y vis même plus. J'effectue toujours le voyage, je prends sur moi de retourner dans une campagne où les souvenirs sont trop lointain. Je m'y sens peu à l'aise. Tout doit aller dans leur sens et leur vision de la vie. Aucun débordement n'est permis, ni choix en dehors des clous n'est accepté. Des fois je me demande si ils savent pourquoi je ne viens pas les voir, pourquoi je ne fais plus d'effort. Je les aime parce qu'ils sont de ma famille mais c'est tout. Je n'ai pas eu une enfance malheureuse, aucune maltraitance. D'autres ont vécu bien pire et c'est pour cela, Monsieur, que j'admets un certain égoïsme de ma part. Cette décision me retombera dessus un jour, sans aucun doute. Ce jour-là, je serai prête. Peut-être serez-vous là, à nouveau près de moi pour en parler ?

— Peut-être...Vous dîtes avoir stopper votre colère envers eux cependant elle transpire quand vous en parlez. Vous avez choisi un éloignement propice mais le manque de reconnaissance, lui est toujours présent.

Anna vient d'avoir une image en tête. Etonnée de ce flash inattendu, elle s'exclame :

— Attendez ! J'ai le souvenir d'une discussion avec vous quand j'avais j'avais dix-huit ans, lorsque je vivais seule pour la première fois ! Vous étiez là n'est-ce pas ? Vous m'aviez montré ce que je devais arranger dans ma vie, les douleurs enfouies, les conflits à régler, le feu en moi. Cette époque où je cherchais de la reconnaissance partout. Tant qu'on m'accordait de l'intérêt et un comble de l'abandon que je ressentais. C'était vous n'est-ce pas ?

— Oui et je m'en souviens, sacré époque !

— J'avais dit qu'ils ne le faisaient pas exprès. Ils ne m'écoutent plus depuis des années. Je ne suis pas contre leur choix de vie, je leur en veux souvent de ne pas assez m'épauler. Je ne suis pas tendre avec eux et souvent maladroite car j'ai du répondant. Je ne veux plus me bagarrer, ils sont comme ils sont, je deviens qui je suis. Et je suis contente de voir qu'avec le temps, certaines de nos relations se sont arrangées, j'apprécie plus leur compagnie.

Il note que l'évolution d'Anna est positive. Depuis plus de dix ans, elle apprend à s'affirmer. Il continue ses questions, en sentant qu'il s'approche du but ultime.

VII

— Comment va son corps ?

— Mieux qu'avant Monsieur! C'était périlleux d'en arriver là et je pense que de nouvelles vagues vont venir le frapper. Mais il me semble plus stable et plus équilibré. Il ne lâche pas, il n'est pas en parfaite santé non plus mais il se maintient. Des rides apparaissent doucement, elles sont fines mais son visage est très joli comme ça. Ses yeux commence à sérieusement se montrer fatigués, elle y voit de moins en moins bien. Par contre ses cuisses et ses fesses sont un réel problème. Je veux dire par là qu'elles sont difformes. Ce n'est pas très joli à regarder soi-même. Moi-aussi dès que je les vois dans le miroir, je complexe. C'est pareil pour le dos, il est courbé. La vraie prise de conscience est que du sport ne lui ferait pas de mal à ce corps tout mou. Il est loin le temps où il dansait guidé par mon esprit. A l'époque il était dynamique, saillant, plein de promesses. J'entends bien ici m'améliorer, ce corps à rapidement besoin de bouger, c'est une certitude. Au quotidien j'en prends grand soin pour déceler les potentiels maladies qui ravagent les humains de nos jours. Pour la cigarette, il est difficile d'arrêter donc c'est un vrai challenge.

Anna parle beaucoup comme à son habitude et s'inquiète un peu d'être en retard. Elle demande combien de questions il lui reste à répondre, ce à quoi il précise qu'il a conscience du métier d'Anna, et que tout sera terminé dans les temps. Sa présence n'est finalement plus angoissante si bien qu'elle se sent en confiance, sans doute un peu trop. Mais elle ne se sent pas jugée. On l'écoute simplement répondre à des questions très intimes. De fait elle explore ses choix, mentionne sa famille, ses besoins et ses envies futures. Elle se laisse aller sur ses angoisses et mentionne sa peur de la solitude. Lui, se lève et marche dans le salon pour se dégourdir les jambes. Elle l'observe sans rien dire, encore dans ses pensées. Quand il se rassoit pour lui faire face à nouveau, Anna remarque que ses cheveux blonds ont des reflets roux. Et puis il est grand, doit facilement chausser du quarante-huit et demi. Anna n'arrive pas à déterminer son âge et n'ose pas le lui demander. Il pose des questions, elle répond. C'est un interrogatoire surprenant qui doit obligatoirement se terminer avant le réveil.

— Vous lisez encore dans mes pensées ?

— Anna, je lis dans votre être entièrement depuis toujours. Je vous connais si bien que j'anticipe vos réactions. Je sais même depuis le début ce que vous allez me répondre ! Je suis là pour m'assurer que vous êtes en adéquation avec votre chemin de vie. Je sais aussi que dans quelques minutes, à la fin de cette entretien, vous serez soulagée d'avoir parler. A trois ans déjà vous en disiez beaucoup. Quand vous avez pris possession de votre pouvoir à douze ans, vous étiez incroyablement douée. L'adolescence était difficile et vous avez pris des décisions osées mais justes. Les années passent mais je garde un œil sur vous, tout le temps, et dès que vous entrez dans une nouvelle phase, je viens vérifier que tout est acquis. Je connais la règle du temps par cœur. Vous serez à l'heure pour le réveil, faites moi confiance.

— Mais qui êtes-vous à la fin ? Avez-vous un nom ?

Je me dévoile à cœur ouvert parce que j'en suis obligée et je ne sais toujours pas à qui j'ai à faire ! Aimeriez-vous échanger les rôles pour constater à quel point c'est désagréable ?

Anna dévoile à nouveau un élan autoritaire qui ne fait peur à personne en général. L'homme, habitué, lui répond calmement.

— Et vous, qui vous a demandé de m'en dire autant ? Notre entretien serait déjà fini depuis longtemps si vous ne parliez pas trop. Mais ce que j'apprécie, c'est que vous allez au fond des choses. De plus, vous avez besoin qu'on vous oblige à vous asseoir quelques instants pour vous écouter et vous encourager. Vos amies font cela n'est-ce pas ?

— Oui, toujours.

— C'est la même chose pour moi, tout est fait avec bienveillance comme d'habitude. Vous parlez beaucoup et c'est toujours ainsi. C'est dans votre personnalité et ce n'est pas un problème d'ailleurs.

— Je ne peux m'en empêcher, dit-elle en exprimant un souffle de découragement avant d'enfouir sa tête dans ses mains.

—Vous parlez beaucoup c'est vrai. En agissant ainsi, vous puisez au fond de vous les véritables émotions qui doivent être révélées. Voir au fond de soi, c'est très courageux Anna. Tout le monde n'en est pas capable. Vous avez la capacité de lire en vous, n'est-ce pas incroyable ?

— Si, je fais même parfois de belles découvertes.

— C'est grâce à cette capacité que nous allons désormais aborder, avec le sourire, le sujet tant attendu de votre sentiment d'abandon.

— Oh non pitié, gémit Anna.

— Si, affirma-t-il avec un grand sourire, heureux de cet enchaînement parfait.

VIII

Anna voulait que tout s'accélère désormais pour finir au plus vite, compléter le contrat et se lever. Elle ne voulait pas accentuer ses propos sur l'abandon parce qu'en parler est difficile. Il est présent depuis son enfance, depuis quand exactement, elle ne le sait pas. Ce qui est très étrange d'ailleurs car elle n'a physiquement jamais été abandonnée. C'est dans le cœur qu'elle s'est sentie comme laissée de côté plusieurs fois. C'est un schéma terrible, car il donne lieu à des comportements surprenants mais aussi dangereux. Son expérience en témoigne. Alors qu'elle est en train radicalement de changer de vie, elle se sent seule. Pendant ses phases de manque, plus rien n'existe sauf la douleur à l'intérieur. Elle est pénible et remet son sourire en cause. Souvent, cela dure plusieurs jours et elle n'a rien à raconter si ce n'est ses interrogations désespérées. Elle en profite pour côtoyer des personnes qui sont son oxygène. Même auprès elles, se sentant seule, elle finit par abdiquer du mal et ne plus voir personne.

— Parlons-en à voix haute, vous voulez bien,

comment vivez-vous la solitude ?

— De deux manières, soit je m'occupe, soit je me perds dans mes parts sombres. Je n'arrive pas à bien réfléchir avec elle. Alors je passe mon temps à ne rien faire. Parfois j'ai de bonnes idées et j'écris, ou bien je vais me balader en ville en écoutant de la musique. Il m'est arrivé de la tester en allant seule boire un verre dans un bar. Il y a mon verre de vin, mon livre et mes cahiers. Pourtant j'espère au fond de moi qu'une personne s'approche et me parle. C'est difficile la solitude quand on ne la choisit pas. Certains jours elle est très agréable et offre plein de possibilités. D'autres fois elle est pesante. Je suis comme beaucoup là-dessus. Les réseaux sociaux, les sites de rencontres par exemple, ils aident à camoufler la solitude. En revanche, ils ne la soignent pas.

— Que faites-vous quand vous sombrez dans cet état négatif? »

— J'arrête de vivre normalement, je divague dans mes pensées et me perds dans mes rêves. J'oublie tout ce qui existe pour vivre ce qui n'existe pas.

J'espère et j'imagine. Je n'ai plus conscience que je tire à l'envers une partie des rennes pour mon avenir. J'ai peur aussi. Peur que tout s'annule. Mes convictions, mes espoirs et mes rendez-vous. Je suis terrorisée qu'on m'abandonne. C'est bien le cœur du problème. Quand elle apparaît, tout s'effondre et pour mieux me noyer, je pleure. Pas longtemps car je me contiens. Si après plusieurs jours, je ne sors pas de ma torpeur, je m'effondre à grosses gouttes. Dans mon être profond, la solitude est comme une matière noire qui envahit tout mon corps. Mais sur le long terme et en laissant faire les choses, elle devient un compagnon qui s'attaque à mon cœur et s'agrippe très fort. Des fois, je suis obligée d'être aidée pour le voir. Du coup, je dois déjouer les mécanismes. Trouver un moyen d'aimer ce sentiment et le chérir pour y trouver du réconfort. La solitude fait partie intégrante de ma personne. Elle se montre d'un coup et j'ai peur d'inquiéter les gens. Il faut la capturer pour que partout où je me trouve, avec qui que se soit, en amitié comme en amour, elle soit bénéfique.

— Un sentiment en nourrit un autre...

— J'ai appris à déjouer la solitude, j'en tire même profit car je connais son origine. Tout est une question de schémas personnels, conscients ou inconscients. C'est avant tout le résultat d'une douleur plus importante.

— Laquelle ?

— Celle de l'abandon évidemment. Lui, il vient cueillir à tout âge ses meilleures proies, j'en suis sûre ! Mais on ne peut pas grandir avec, à l'âge adulte il se voit trop. Dans les phrases, les comportements, les relations aux autres. Les gens vous trouvent bizarre, trop sensible, pas comme il faut. Sans chercher à comprendre, ils jugent comme ils le font pour tout d'ailleurs, et l'abandon est ainsi nourri. Ce que j'ai compris, c'est qu'il est une plaie qui grandit à l'intérieur et s'inscrit profondément dans la peau. Au début, elle est toute petite et indolore. C'est par à-coups qu'elle s'ouvre. Des situations, des mots, des gens qui interviennent avec leur être propre et sali en même temps. Chaque coup porté est une plaie de plus qui s'ouvre ailleurs sur le corps. Quand l'ultime blessure se pose sur le cœur, n'ayant plus de place pour s'installer ailleurs bien évidement, l'abandon n'est plus gérable. Les situations sont très mal interprétées et là, commence la lutte pour vivre. Vivre en tant que personne fragile mais forte aux yeux des autres. On se met à avoir peur de lui car il définit notre fragilité et en grandissant, on s'habitue à vivre avec, malgré tout. Il est comme toute douleur physique ou mentale ne pouvant se soigner: irréparable au fond. Mais quand on a le courage de s'en approcher un peu plus, on comprend que des blessures ouvertes sont de mauvais signes qu'il faut interpréter. C'est là qu'on décide vraiment de guérir et d'entrer dans une nouvelle phase : l'acceptation. Elle soigne et donne de la force, quelques soient les épreuves. Au moins la force de se battre, au mieux la force de vivre. L'abandon c'est d'abord lutter contre un mécanisme qu'on a jamais voulu mais qui est là quand même. C'est se demander comment on a accepté une telle douleur durant tant d'années et décider qu'un jour, c'est terminé. Et ce jour-là Monsieur, on coud les plaies, on réfléchit, on s'organise, on se découvre au-delà du mécanisme.

On comprend que les cicatrices resteront toujours. Une fois fermées il faut sans cesse les regarder, les aimer, même mieux, les honorer. En levant la tête de cette intériorité, on rencontre des personnes qui les prennent en compte et les embellissent. Comme toutes maladies, on n'est jamais à l'abri qu'elles reviennent même un petit peu. Attendez, je ne dis pas que l'abandon est une maladie, quoique, s'il se soigne, c'est tout comme... Bref, de nouveau, avec assiduité et amour pour soi, on comprend, on referme, on honore, on avance. Les cicatrices deviennent toujours le souvenir d'un acte compris, même menaçantes, elles sont à chérir. Je sais comment rebondir face à l'abandon ! Et je prends le temps dont mon cœur à besoin même si mes méthodes sont diffuses. Je continue d'apprendre vous savez. J'assume aussi d'abandonner les gens d'une manière très ordinaire lorsque ce sentiment revient et me gifle. Je les délaisse et ne prends plus de nouvelles. Je suis en repli car c'est la seule arme de mon corps qui est active. Ce n'est pas bien mais l'abandon m'aveugle complètement. Cette période est plus ou moins longue. Tout déborde puis je me rends compte que le schéma recommence et je m'assois, je me pause et je me soigne.

Anna ajoute pleine de convictions :

— Monsieur, je suis née comme tous le monde, avec des failles. Et ce sentiment d'abandon collé à ma peau pendant des années était fait pour être remarqué. Je ne savais pas qu'on pouvait guérir de ce mal avant, pire, j'ignorais son existence ! Il m'a fait prisonnière de moi-même et quand j'ai relevé la tête, certaines personnes autour de moi n'ont pas compris ce qui m'arrivait. Ils me trouvaient différente, avec des choix osés et pour certains incompréhensibles. C'est à cet instant que j'ai beaucoup parlé de moi. Je voulais exister sans la carapace, découvrir en parlant aux autres qui j'étais moi-même. Monsieur ! Vous savez quoi ? Si ma peur de l'abandon fait tâche, je la collerais fièrement sur mon cœur et elle deviendra un signe de guerrière! Une cicatrice choisie, c'est comme un tatouage, on l'assume. Pourquoi vous riez ?

— Je suis fier de vous.

— Je vous demande pardon, Monsieur ?

— Acceptez juste le compliment.

— Je n'ai pas l'habitude. Je me sens gênée quand on me le dit.

IX

Il entame la dernière phase de cet entretien, il est temps de dévoiler les objectifs d'Anna.

— Cette session avait pour but de vérifier si vous étiez en accord avec l'entièreté de votre être. Quand on est une âme incarnée, parfois, il est nécessaire d'ajuster les principes et les émotions en fonction des événements prévus par le contrat. A ce jour, vous remplissez pleinement les closes d'un avenant. Vous prenez le temps nécessaire, vous comprenez vos erreurs et choisissez l'assurance pour les transformer en force. La dernière fois que l'on s'est vu, nous avions évoqué l'attachement. Ce fut périlleux et vous aviez là aussi réussi. Rétrograder sur soi est la base de tout travail émotionnel.

— Parfois Monsieur, je divague un peu, j'oublie ce qui est important pour ma propre personne. Je ne fais pas exprès, c'est automatique. Je ne m'écarte pas longtemps, c'est juste pour vérifier que tout va bien. La journée peut commencer dès que je vois mon chat me regarder avec impatience pour manger. Mon plus grand bonheur, c'est quand il vient au lit avec moi. Je suis responsable de son bien-être. Je l'aime ce chat si vous saviez, le jour où je vais le perdre, ce sera difficile. Et si l'orchidée manque d'eau, je lui en remet dès le réveil pour me rappeler qu'elle ne peut compter que sur moi elle aussi pour bien vivre. C'est rassurant de savoir que d'autres êtres vivants m'attendent chaque jour.

A cet instant, il est heureux. Il est en joie de voir Anna briller de sa propre lumière. Elle a tant avancé sur ses émotions négatives et s'est affirmée pleinement. Elle accepte ses faiblesses et a la force de puiser à l'intérieur de son être pour les contrôler. Utiliser sa conscience pour calmer ses douleurs est à la portée de tous les êtres humains. Anna n'est un exemple parmi tant d'autres. Constatant qu'il avait parcouru l'ensemble des questions, il lui annonce, en redressant son dos et en s'étirant :

— J'ai terminé ! Mes félicitations mademoiselle Anna, je vous valide cet entretien. Voici l'avenant à signer pour la suite. Tenez, lisez le.

L'avenant mentionne des objectifs sur dix ans. Une autre visite de cet homme est donc à prévoir. Elle prend le stylo qu'il lui tend, s'apprête à signer, lorsqu'elle s'arrête pour ajouter quelque chose. Plus que quinze minutes, il faut être synthétique :

— Monsieur, une dernière chose. J'aimerais qu'elle se souvienne que nous sommes un seul et même être. Je veux dire que, comme je suis elle et son corps est moi, on ne forme qu'une seule et même personne. Je suis présente pour l'honorer, la guider et lui montrer le chemin. Elle est tout ce que nous sommes ensemble. Elle m'écoute quand elle prend le temps. Nos battements jouent ensemble et nos idées scintillent. Son corps est imparfait comme tous les autres et je me sens à ma place dans ses mouvements. Je ne dis pas que cette incarnation change tout mais il y a de l'action et de l'inertie en ce moment. Je vis ses émotions et elle les traverse physiquement. Nous formons un beau duo ici et maintenant. Pourtant j'ai peur.

— C'est normal mais tout ira bien. Vous venez d'évoluer et c'est un chemin fascinant n'est-ce pas ?

— Oui, c'est vrai.

En le regardant droit dans les yeux elle aussi, elle signe cet avenant, sereine. Elle comprend qui elle est à ce stade de sa vie et cette sensation est incroyable. Désormais, elle pourra sourire devant son miroir et contempler une âme affirmée qui fera de son mieux. Car faire de son mieux est déjà une réussite quand on ouvre les yeux, non ?

— Votre réveil ne va pas tarder à sonner, souhaitez-vous ajouter autre chose ?

— Non Monsieur, je dois aller me recoucher.

— Dans ce cas, je repars. A votre réveil, rien de nos échanges ne sera dans votre mémoire. Vous pouvez reprendre votre chemin.

— Dois-je vous dire merci Monsieur ?

— Pas besoin, je le lis déjà dans votre cœur.

— Si, j'ai une dernière question : mais bon sang par où partez-vous quand vous disparaissez ?

— Par la porte comme tout le monde.

Il se lève en souriant. Oui, il sourit car il venait

d'accomplir sa tâche. Remuer les réussites d'une âme qui lui donne du fil à retordre depuis des centaines d'années est toujours un plaisir. Après tout, c'est son métier de guider les gens. Il s'assure à chaque fois que l'évolution devienne consciente et utile à la suite d'une vie et ce, qu'elle que soit l'incarnation. Anna est tout aussi puissante que fragile mais entourée par des êtres fantastiques. Etant son archange attitré depuis toujours, ce dernier est fier de la voir s'épanouir. Son évaluation étant terminée, il attrape donc ses affaires, range soigneusement l'avenant signé dans une pochette et avance en direction de la salle de bain. Il hésite à dévoiler sa véritable apparence avant de partir car il sait qu'Anna a toujours la même réaction quand elle la voit. Des yeux écarquillés, une bouche ouverte et l'envie irrésistible d'être prise dans ses bras. Quand elle avait trois ans, elle s'était émerveillée devant ses ailes immenses. A quinze ans, la lumière qui jaillissait de ses mains l'avait rendue curieuse. Elle avait posé beaucoup de questions sur la raison de ses pouvoirs, comprenant finalement qu'il reste un être protecteur qui accompagne et soigne tous le monde. Le cœur d'Anna porte en lui la croyance ésotérique de l'entre-deux monde. Il décide d'être plus créatif cette fois en quittant l'appartement.

Satisfait, il se dirige à la salle de bain, déploie ses grandes ailes et trace à la craie un symbole sur le miroir : son sigil. D'un coup une lumière arc-en-ciel jaillit. Il se retourne, Anna est toujours assise.

— A bientôt Anna, prenez soin de vous.

— Vous aussi Monsieur.

Elle voit une lumière scintillante illuminer la pièce et l'homme disparaître en un éclair. Interloquée, elle peut jurer avoir vu des ailes.

X

Le chat, réveillé et assis à ses pieds, miaule beaucoup. Elle regarde l'heure. Plus que cinq minutes. Elle va dans la chambre près du corps endormi. Elle est chamboulée d'émotions qu'elle n'a pas le temps de distinguer. Elle se sent calme, rassurée d'être à l'heure. L'aurore est toujours le moment propice aux réflexions, aux ballades dans l'entre-deux monde mais sur Terre le temps est compté. C'est pour cela qu'elle accomplit toujours ce qui doit être fait avec minutie, choisit l'humeur du jour et apaise les tensions d'un corps physique qu'elle n'a pas choisi. Anna a conscience d'être l'âme d'une femme pleine de promesses. Elle regarde son corps transparent orné de cicatrices qu'elle honore régulièrement. Elles sont sa force. En serrant ses mains contre sa poitrine, une boule lumineuse sous son sein gauche s'illumine. Elle se souvient ainsi de son lien avec les archanges et tous ceux qui les accompagnent. Souriante et pleine de gratitude, elle veut parler, encore et encore. Elle a envie de dévoiler un peu plus ses envies futures, ses projets de vie. Sa passion pour la scène et son projet d'écriture. Alors debout devant le lit, seule face à son enveloppe corporelle, paisiblement endormie, elle dit ces quelques mots comme une promesse :

« Ma belle, tu as réussi, tu sais qui tu es et ce que tu veux. Tu n'as pas vécu la moitié du chemin de ta vie. Ne t'embarrasse plus du superflus et laisse toi guider. Bien sûr que parfois tu ressentiras de la peine. Et des émotions te paralyseront quelques heures, voire plusieurs jours. Il faut les écouter et en tirer des réponses positives. Je serai toujours là et souvent ensemble nous nous battrons pour être en accord. Nos luttes offriront de grands cadeaux à l'Univers. Je suis toi depuis ta naissance et nous sommes amies maintenant. Ce fut long, mais nous avons réussi. Tout est en toi comme en chacun des êtres incarnés. Le monde est incroyablement beau quand on pense à le regarder. D'ici, tes yeux bleu sont fermés mais lorsque je serai à nouveau bien en place, ils dégageront une malice qui est la nôtre. On marchera le menton relevé et on observera les gens autour. Ton dos se débloquera et ta colonne se grandira en une ligne fière et fine. Tu auras peur sans perdre espoir. Tu seras dévouée pour les autres sans attendre en retour. Tu apprendras que l'amour se vit plusieurs fois et que les ruptures ne sont que de nouveaux pas. Et surtout tu diras oui à l'amour qui te frappera sans gêne. Je te le promets, plus jamais les jours ne passeront sans toi. Le soleil se lèvera et tu ouvriras tes yeux en même temps que lui. La lune et sa déesse seront surveillantes et tu te respecteras entièrement. Tu seras la femme que j'incarne comme indiqué dans le contrat. »

Elle se glisse doucement dans son corps physique et attend juste quelques secondes avant que le réveil ne sonne.

A huit heures trente pile, Rose Tecate se réveille. Son chat est dans le lit et il est affamé. Il use de tous les tours pour qu'elle se lève. En s'étirant doucement, elle profite de quelques minutes pour lui faire des câlins. Son museau rose est si proche de ses yeux qu'elle louche pour le voir, c'est certain. En disant « allez, go ! » elle se lève et regarde ses jambes dans l'espoir d'avoir mincit. Elle se dit qu'il serait temps de faire du sport et d'arrêter ces crèmes miracles pour mincir en dormant, hors de prix et inefficaces. Elle emprunte le couloir et arrive au salon. Par la fenêtre, le soleil pointe le bout de son nez. Elle est en joie d'avoir autant d'inspiration depuis quelques jours, elle veut écrire...Elle doit aussi sortir boire un café avec Christophe cet après-midi. Un homme rencontré sur une nouvelle application. Elle veut annuler ce rendez-vous et préviendra la personne en avance. Elle vérifie son orchidée qui a besoin d'eau. Elle l'a appelé Anna et c'est la seule fleur de son appartement. Quand sa sœur lui a offert, elle a décidé de lui donner ce prénom comme si c'était une évidence. Elle ignore la raison de ce choix. Son chat commence vraiment à avoir faim, elle lui donne ses croquettes puis se dirige dans la salle de bain pour voir sa tête. Elle a les cheveux en bataille et surtout plaqué derrière à cause du coussin. Elle approche son visage du miroir pour regarder ses traits, ses petites rides et ses dents. Elle déteste ses dents, elles sont moches et Rose a peur de les perdre vite car ses gencives sont fragiles. En reculant pour mieux observer ses fesses dans le grand miroir, elle voit à ses pieds une grande plume blanche et grise. En la prenant, elle constate qu'elle est plus grande que sa main. Comment cette plume a-t-elle pu arriver ici ? Mais de bonne augure dans le monde des vivants, une plume ainsi trouvée par hasard est signe qu'un ange veille sur vous. Elle la dépose donc délicatement à côté de la vasque, espérant que son chat ne joue pas avec.

Après une petite douche et un café chaud, elle s'installe devant son ordinateur et commence son travail d'écriture. Après une heure à tapoter sur le clavier, elle envoie à sa sœur cet extrait et lui demande son avis :

« Je m'appelle Rose et aujourd'hui je célèbre mon engouement. J'ai levé le voile sur mes besoins et mes envies pour me découvrir et affronter le monde. Je sais que j'ai réussi. Physiquement, j'ai besoin d'être libre, d'aimer qui je veux et autant de fois que mon cœur le demande. D'ailleurs en amour j'ai tout à construire avec une autre personne. Je ne comprends pas toujours ce sentiment qui m'anime et je réagis bêtement au début. Je ne suis pas certaine d'être prête mais il suffit d'y croire. Je vous parle d'amour en couple mais il n'y a pas que celui-ci, l'amour de la scène et de mon prochain est tout aussi importante pour moi. Avant tout, sachez que je suis un être lambda avec des petits trucs en plus. Parmi les petites choses qui me distinguent, je reconnais que je parle beaucoup trop de moi. Et c'est une situation qui se retourne toujours et me gifle, de manière positive ou non. Ce qui ne m'empêche pas de recommencer. Si je me dévoile, c'est d'abord pour me révéler moi-même. Je dois apprendre à me connaître et vivre avec l'entièreté de mon être. Il s'agit là d'une sorte de connexion à mon cœur. Je suis décidée à vous raconter mon histoire et vous, êtes-vous prêts à la lire? »

Quelques minutes plus tard, sa sœur répond:

— Mais c'est un livre qui parle de toi ? Tu es sûre que c'est une bonne idée ?

— Oui, j'ose et je pense qu'il est temps que j'en dise trop, une bonne fois pour toute.

Epilogue

La première supercherie de l'abandon, c'est qu'il est invisible. Aux yeux d'autrui comme pour soi-même. Il n'est pas nécessaire d'avoir subi des dommages physiques irréparables pour le vivre. Certaines phrases suffisent pour qu'il s'immisce. Il prend tout les formes qu'on veut bien lui donner. Des actes secrets réfugiés dans une addiction, des maux physiques ancrés sous la peau et même des comportements jugés peu ordinaires par ceux qui ne le vivent pas.

S'il n'est pas perçu par quelqu'un d'extérieur, une personne qui nous aime ou convoquée à nous aider, il continue son chemin sinueux et noir. Le noir, cette couleur qu'on prête à tous les maux humains dans les dessins, les peintures. Ce nuage qui sort de la tête des personnes souffrant de dépression ou cette forme humanoïde qui suit les pas d'un cerveau ravagé de colère.

L'abandon est un poison lent qui prend forme à tout âge dans l'être et qui sans regret empoisonne le corps et son existence. Mais si, un jour, on le devine et qu'on rebrousse chemin pour comprendre où il a pris source, on peut doucement s'en débarrasser. Pour cela, il faudra d'abord se pardonner. S'excuser à soi-même de s'être protégé sous la couverture néfaste de son apparition. Enlever le mécanisme toxique et revivre en nettoyant les plaies, en comprenant que certaines ne disparaîtront jamais. Au même titre que toutes les maladies existentielles, l'abandon ne part jamais pour de bon. Les cicatrices qui persistent doivent alors être honorées, aimées inconditionnellement. Car elles représentent le cheminement pour être en adéquation avec soi. L'abandon modifie parfaitement le rapport à l'amour, il s'agit alors d'apprendre ce qu'est « l'Amour » et se l'approprier pour le vivre. Ce n'est pas un travail facile mais il vaut le coup d'être fait.

La peur de l'abandon est secrète, on n'avoue pas facilement ses faiblesses. Elle donne parfois l'envie d'écouter et d'aider son prochain. Parce qu'ils sont incroyables les autres : les grands-parents assis sur un banc tous les dimanche, les mamans qui veulent tout faire parfaitement, les hommes blessés par amour qui ne s'ouvrent plus par peur d'être dupés. Un grand-père devenu veuf qui parle encore de sa femme avec tendresse, un quadragénaire qui cache sous son alcoolémie ce besoin tenace d'être heureux à deux. Tous ces gens qui soulignent leur passé, leur présent et imaginent leur futur ont tous des cicatrices.

Qu'il s'agisse de l'abandon ou d'une autre blessure profonde, on peut donc dire que tous les êtres humains ont une carapace pour se protéger aux yeux des autres. Dessous, ils peuvent se permettre de garder leurs secrets et les chocs qui les bouleversent. Estimant que la protection fait bien les choses car personne ne leur demande de s'exprimer. Ils subissent sans rien dire les situations les plus compliquées d'une vie. Leurs émotions sont multiples, ils ont peur, n'osent rien ou pas assez. Ils pleurent en silence et sourient quand ils ne sont plus seuls. Ils arborent parfois la posture de victime ou de bourreau. S'oublient dans le travail, dans des lits, le sucre, une bouteille ou dans l'herbe. D'autres encore sont amenés à enlever leur carapace face à un médecin qui, tenace, va plonger comme il peut, au fond de leur cœur en prenant des notes. Ils commencent alors une guérison qui sera faite d'acceptation.

Mais surtout n'oubliez pas que dans ce monde fait de chairs, et en fonction des croyances de chacun, ils existent bon nombre de magiciens et de sorcières adorables qui savent lire dans les yeux des gens. Ils lisent sur les lignes des corps et au travers des multiples mécanismes de chacun, afin de connaître, avant le principal concerné, la ou les blessures devant lesquelles ce dernier devra faire face.

En remerciement
à tous ceux qui m'ont tendu la main.